2023

第三屆台灣房屋
親情文學獎

序

持續構築家的形狀

台灣房屋總裁　彭培業

隨著帶來諸多陰霾的三年疫病走向尾聲，人們的生活回歸、重建日常之際，親情文學獎也邁入了第三屆，帶著飽含希望與茁壯的能量，以及疫後重新凝視周遭的省思，本次參賽的作品數量超越前兩屆達到九一三篇，這些作品匯聚了多元光譜，透過文學性的書寫，記錄了各種生命姿態。同時見到前兩屆的得主持續創作，獲得佳績，著實感佩。

本屆選出的優勝作品中：

首獎游擊手（本名藍嘉俊）的〈小孩〉，以樸實細膩的筆觸敘述與失智老母親的相處點滴，透過角色翻轉的庖廚時光，試圖減緩時間沙漏的流逝；二獎電鰻鹿

（本名陳人芳）的〈名。字〉，同樣書寫時間的無情，由孫女貌似平淡卻深情、記下與不識字的阿嬤短暫練字的溫馨記憶，描摹失學那一代人的縮影；三獎陳彥任的〈皺摺〉，寫載著母親前往探望住在療養院失智爺爺的一路上，對生命頹傾的困惑無奈與哀傷，照見真摯的子女之愛。

而在十二名佳作梁評貴〈裁剪人生〉、麗度兒．瓦歷斯〈部落氣息〉、張舜忠〈瓦〉、張舒婷〈死去的蜘蛛〉、溫琮斐〈桂花樹〉、蘇菲（本名鄭淑芬）〈新家〉、汪龍雯〈羞避〉、蘇志成〈開燈〉、黃脩紋〈箱〉、劉恩豪〈看門石〉、劉眞儀〈脫殼〉、廖敏〈26號腳印〉等人的筆下，刻劃了在有形的家屋及無形的親情裡，有愛、有傷，有理解、有怨懟，有泯滅、有新生……是這些彷佛平凡無奇，實則複雜深刻且獨特的情感，造就了每個人內外面貌的軌跡。

非常感謝江佩津、林德俊、凌明玉、夏夏、高翊峰、張輝誠（按筆畫順序）六位初複審委員在極短的時間內審閱了爲數龐大的稿件，以及李欣倫、徐國能、許悔之、蔡逸君、鍾文音（按筆畫順序）五位決審委員悉心討論，爲我們選出這些觸動人心的作品；也感謝聯副與聯經出版公司將這些文章整理付梓，本次亦特別收錄林品璇〈紙船〉、高心怡〈廁所爸爸〉、陳力安〈洋裝〉三篇決審委員特別推薦的入圍作品。

日復一日，最熟悉又最陌生，時遇苦澀亦有甘美，且讓我們在與家人真實的相處裡，持續勾勒、構築家的形狀。

目次

附錄

首獎

小孩

游擊手

圖／陳佳蕙

得主簡介

游擊手（本名藍嘉俊），五年級後段班，當同輩人皆事業家庭有成時，仍只能拿年輕時的球場身手說嘴。體力至今尚可，惟難掩心態上的老派與不合時宜。喜歡走路，並以此記錄台北。經營「走路」臉書及「內在台北 2.0」網站，是爲後半生救贖。

「看，雞蛋裡有兩個蛋黃！」、「這墨魚是會發光的！」未上學前，母親會在廚房用這些小驚喜逗弄我。

日後這些都成了便當裡的食物。彼時小一，尚無營養午餐與蒸飯箱，是她上午現煮後，飄著熱氣走路拎來的。國中時，有位同學盯上了媽媽的荷包蛋，常用他當日最好的菜來交換。出了社會，便當仍持續帶著，臨時外出開會，託同事幫忙吃掉，都說美味。把這告訴老媽，總微笑不語。

我一度以爲，豐富的菜色是理所當然，地久天長。但父親離世幾年後，便當重量開始越來越輕。母親不再染髮，逐漸忘東忘西，連最愛的市場也懶得去。醫生診斷她失智了。

但「爲孩子張羅吃的」這個最初任務，卻一直烙印在腦中。天亮起床，她會喃喃自語「早餐吃什麼？」晚餐後又問「明天要帶便當嗎？」雖然只開口，沒了後續動作。

我則必須學會和鍋鏟打交道。媽媽滿口假牙，食慾差，每次進食都如嬰兒細細咀嚼。她身型原本就瘦弱，老來縮水，鬧起一個她全然不自知的脾氣時，就更像個小孩了。

於是我們的互動模式回到四十年前，只是對調了靈魂。

惟有在遇到烹飪時，她才會想起母親的身分。哄她一起上市場，再陪著笨手笨腳的我進廚房，已成爲日常。這些曾經熟悉的場域，或能暫把沙漏的孔縮小些、減緩元氣的流失。

一回電視提到老抽，這詞無法望文生義，隨口問，她竟不假思索的說「就是黑醬油啊！」那一刻美好無比，如漫長雨季探出了陽光。事實上，下廚還在摸索階段的我，仍期待能從母親身上抓住什麼。那些失憶海嘯一波波襲來後倖存的知識，珍貴異常。

某晚停電，瓦斯爐旁點起蠟燭，她洗菜，我炒菜。搖晃的燭火如星光，照著一旁母親銀色月亮般的白髮。那一刻我突然覺得，人生很多時候，不過就是好好準備一餐飯。

飯後倒完垃圾，有時我會再牽著她，去附近的超商買東西，順便散步，如同半世紀前她牽著我。路上指著小花、小狗，她會童心大發地開心點頭。

我沒孩子，卻又像有，因這屋子始終有孩子的身影。小孩變老，老人又變回小孩。彼此相互交棒，銜接成一個圓，循環著家的故事。

評審意見

作者以樸實的文字，描寫與失智母親互動的日常，作者先從回憶中童年階段的母親話語寫起，接著談母親手作的美味便當，但這些滋味，隨著母親的老去和忘失，逐漸成爲過去式，唯有在廚房烹調時，母親才再度憶起母親的身分。

文章後半段則描述年老的母親反倒像個孩子，作者則成爲照顧母親的大人，時間在此有了象徵性的回溯意味，特別喜歡作者描述和母親一起做菜的場景，而「人生很多時候，不過就是好好準備一餐飯」這段話精準有力，大抵也道出許多人共同的願望。

在作者筆下，老年似乎也是重返孩童期，整個家屋總有孩子的身影，這樣的收尾光亮而溫暖，正向地詮釋了失智和老年的意涵。——李欣倫

得獎感言

相信很多人跟我一樣，參賽的動機，與其說爲了得獎，更多是對親情這個普世命題的有感而發。千瘡百孔與幸福美滿在兩端，我們常人分布其中，有遺憾、有感恩，總之把悲喜抒發出去，或許就較能自在以對。我曾在這個園地裡，分別談到老爸與老媽；父親是大時代的縮影，母親是沉默小生命的典型，剛好構成後代的我觀看世界的經緯。感謝台灣房屋、聯合報及評審，感謝我的父母。

名。字

二獎

電鰻鹿

圖／陳完玲

得主簡介

電鰻鹿（本名陳人芳），一九九六年生，彰化人，台大戲劇系學士。之前做了很多年的劇場工作，做過舞台監督、舞台設計、音效設計。現在什麼工作都接，拍電影或是美編或是活動標案。接下來希望可以做電影配樂。

那一年，阿嬤已經不年輕的身軀更加叛逆了起來，不聽使喚。

我們帶她到市區的大醫院就診，醫生開出大把大把的慢性病藥。我被任命每天爲她打胰島素，幫不識字的她解讀藥袋上的用藥指示，告訴她這些方塊符碼規定，哪些藥是飯前、飯後、早午晚或者睡前吃。

這個世界以她所不認得的字符運行，她只能聽我用彆腳的台語解釋：醫生講逐日欲注射、欲食一寡肉、愛按時食藥仔。

偶爾忘了什麼藥何時吃，她會拿著藥袋拉著我問。我坐在客廳地板上，宛如擺地攤一般，把一袋袋一罐罐的藥分門別類，爲她解說每種藥物該何時吃、吃多少。她像一個好學生，不懂就問，忘了就再問。

然而時間無情。再怎麼努力調理作息，還是追不上生理機能敗退的速度。可能意識到身體與心智終有無法控制的一天，有一陣子她突然要我教她寫名字。

於是每當夜幕低垂，在客廳昏黃的燈光下，她會蜷坐在藤椅上，手平放書桌，在薄薄日曆紙或我們姊妹用剩的國語作業簿上，用最便宜的油性藍原子筆，筆畫歪斜地練習寫字。

阿嬤一輩子沒有拿過幾次筆，自己使用了七十多年的名字，也僅大致認得出形狀。於是我告訴她「陳」（Tân）是阿公的姓、「林」（lîm）是她娘家的姓。街坊鄰居喚她「阿英（Ing）仔」，那個代表性的「英」字，原來是這樣寫。

她看著我寫的字樣，一次一次仿寫。年幼的我，則在一旁抄寫學校習得的生詞，祖孫倆彷彿跨齡的學伴。

一直以來總是阿嬤照顧我，她教導我如何揀菜洗菜削竹筍，教我過馬路看車看紅綠燈，教我對其他長輩的禮貌和應對進退。唯有寫字，是我們僅有，可以一起學習的技能。我習得新的字彙，用以理解他人，並且表述我的想法；阿嬤透過書寫名字，去推敲，這些與她身處不同世界的人們，是怎麼稱呼與了解她。

多年後，阿嬤過世。整理房間時，我找到一疊被裁成小塊小塊的日曆紙，那是阿嬤練習寫字用的紙，上面全是她的名。一筆、一劃、一個字一個字，透過她顫抖的手重重印在日曆紙上。我撫過那些字跡，發現那四個字，也寫在我心底，筆觸之深，都留下傷痕了。

評審意見

藉由找到阿嬤練習書寫自己名字的紙頁，凝視著阿嬤的筆跡而觸動了所有懷念的開關。名字是身世，也微縮了不識字阿嬤的生命歷程：「這個世界以她所不認得的字符運行」，不識者已然在這個時代是稀有了，以至於作者寫來竟如時代追憶錄，短短幾筆就勾勒了阿嬤餘生身影，以寫字停格時間，被叫了一輩子的名字終於知道怎麼寫了，顫抖的手，字跡如人，從此烙印，從此存在，即使帶著傷痕。

作者描寫景物人皆立體，文字感性細膩，輕輕晃動著感情，使我們也跟著遙想這個遠逝的阿嬤，彷彿她就是我們島嶼最熟悉的陌生人，失學一代人的畫像，濃縮在此，在一個名字裡。

——鍾文音

得獎感言

陳林英桂女士，一九三〇年生，台中大里人，我阿嬤。

我是老么，上面有兩個姊姊。產檢時醫生表示「如果還是女孩子的話，建議可以拿掉」。母親回娘家找阿嬤討論，阿嬤說不行。等我長大一點，母親逗著我說：「我沒有要妳來，誰要妳來的？」我說：「是阿嬤叫我來的。」

事後回想我應該沒有感應到什麼，只是阿嬤從那素未謀面的最一開始就決定不能放棄我，給我滿溢的愛和安全感，於是我最親近的是阿嬤，所有直覺都會倒向阿嬤。如果我有平安長大取得任何成就，都是因爲曾經有人給我這樣純粹無盡的愛。

三獎

皺摺

陳彥任

圖／喜花如

得主簡介

小兒醫療業，臉書「彥醫師的下班筆記」版主，喜歡看，也希望自己能寫出好東西。

往山的一路媽媽都很安靜，安靜中小花開開。終點是那遺忘的療養院，不管是家人有意、或蛋黃區無能記住的，都沒多大差別。

媽媽輕喚著爺爺（外公），話語無效擲入黑洞，進入視界事件後所有訊息會徹底失去意義，只剩沙沙雜聲。或那些記憶更像整片森林，大規模無聲倒塌。眼前的爺爺還剩下百分之多少？更年輕的我如此氣盛，腦中只是醫學統計的羅列。教科書說這與腦中類澱粉蛋白有關，當時間不再密語，它張牙舞爪說變性就變性。

我時常覺得爺爺人在那裡，或也不在。

媽媽捧起爺爺的手很安靜，安靜中淚光閃閃。時間一格一格發出無謂的聲響，微塵浮降，懸浮在渡海第一代從田裡拔出的三合院，懸浮在我三十年房貸的窄仄蛋黃。媽媽輕撫、嘆息，或無畏直視那片黑洞，只一個人記得的美好時光是否仁慈？媽媽近幾年也開始忘東忘西。

總在日光移動七．五經度後輕輕說聲好了。我駝著細胞又逝去些許的她，回到萬事萬物重新沸騰的蛋黃。

我並沒有越大越長進，總自以為是。周圍新手爸媽帶著小獸上山下海，家庭帳、露營車、商務艙是各種形狀的移動城堡，我覺得非常不划算。教科書又說細胞日日分裂以新代舊，這些記憶將會沉積在深深的地層，挖掘困難。終會遺忘的，或許一開始就沒必要扛著嬰兒提籃戰鬥。

「可是，我想留下與孩子在這裡的美好回憶呀。」

爺爺終究是轉身了，到一個更安靜的居所。最後一次走在那路，陽光烤得柏油發亮燙眼，整路都媽媽摩挲著爺爺、媽媽被我駝著的遺跡。

這些將會刻進大腦深深的皺褶中，直到我基因命定的、不知道自己還記不記得的那日。

評審意見

這是一篇精緻敘寫、不炫技又充滿感情和音樂性的小散文，通篇的字句幾乎可以誦讀，進而使人追摹一種深刻的親情。

記憶，使我們分享了生命的學習，這篇散文如同觸媒，引發我們腦中愛的連鎖反應。

——許悔之

得獎感言

後來，聽到更多我輩中人的故事，直到自己漸漸身處其中。白日工作是生命這端數起的小孩，下班回家是那端回算的孩子，我們能凌厲揮舞身體、意志、鍵盤的時間白駒過隙。人生每件事終究新手，謝謝這個世界、謝謝社工、謝謝居服單位對人生兩端的幫忙，也希望大家能一起織出更穩固的網。謝謝姵穎、謝謝昭儀，你們是起點。

佳作

裁剪人生

梁評貴

圖／王孟婷

得主簡介

曾就讀東華大學華文文學系、中央大學中國文學研究所碩士班，畢業於政治大學中國文學研究所博士班，主要從事唐宋詩之研究，著有碩士論文《王安石夢詩研究》、博士論文《五代至宋初邊塞詩研究》。

在城市裡搭著捷運時，你忽然想起爺爺那間在豐原的洋服店，那時的縫線正美，剪裁正好，一把銀色大剪在光照下閃閃發光，光線滴在爺爺的眼鏡邊框，削出一道道銳利專注的眼神。

彼時，你和爺爺兩人住在一起，約莫五、六歲間。通常是你揉著睡眼，緩緩沿階梯走下，看到一樓店面的爺爺，早已將鐵捲門拉開，光由外向內湧入，戴好眼鏡，坐在裁縫機前，答答聲響運轉，更似你緩緩而下的腳步，那是你與爺爺，共同裁開的一日。

是裁開，也是踩開。爺爺聽見你的腳步聲，停下手邊的縫紉，挪了眼鏡，看向走下來的你說：「這麼早就醒了啊？」看爺爺將布料裁來剪去，偶爾客人來訪。留下訂單後，你口裡含著糖，爬上椅子，眼珠滾滾的看，爺爺將剛才剪下的布片一一燙平。看著爺爺丈量尺寸，裁剪布料、燙平、縫線，一步步，將日子縫上安好的邊，一如海底貼線浮游的魚身，穿越礁石，而不留一點傷。

後來，爺爺年紀是越大了，手工西裝的成本太高，製工太繁，人們總愛新的快的，手工的慢趕不及量產的快，就在你遠赴台北工作，離開了家鄉，爺爺那間豐原的洋服店也收了起來。記得關店的最後一晚，爺爺將招牌燈熄滅，拉下鐵捲門，店裡原先吊掛的布料，用細布撫去塵埃，裝入透明塑膠封套。爺爺將掛在人體模特的樣板西裝取下，如老將卸甲，動作遲緩而衰暮，你幫著爺爺一件件收拾，他卻招招手示意你離開，始終說不出一句話。

那晚，爺孫兩人一起將店清空，沒有多餘的言語。

現在，捷運門打開，鈴響數聲，將你從記憶中拉回，而今的自己也著一身西裝，你腦中響起爺爺的話語：「燙平後，才不皺，衫做好，人穿起來才會挺，會直。」那些苦苦的日子，總要好好燙過，熨平舊日的皺褶，人穿上筆挺的衣，才能挺，能直。原來，日子是要理過的，定身裁量，被生活割出線條，時間縫上樣態，皮尺一量，分毫不差，才終成定型。還記得，那時幫爺爺縫紉布料，每一件，要打上最後一個結時，總偷偷對這些布料許下願望，告訴它們，這一次，不要再分開了。

評審意見

「懷舊」是很美的一種情感，在細細回憶曾經的輝煌中，更能映襯當下生命的諸多滋味，因而使我們有了深刻的回顧，有了緩緩沉澱自我的契機，也有了溫柔與勇氣，盼望和反省。

這篇作品，裁剪的不只是西裝，更是人情、時代的滄桑變化。

作者是非常有經驗的文字經營者，全篇步調沉穩，節奏勻適，也像是老師傅細心丈量過的西裝一絲不苟；而在今昔交錯的敘述中，作者也是針線細密地縫合了了許多感情與懷念。全篇由物到情，由淺到深，表現了文字營造之美，是一篇無懈可擊的小品文。——徐國能

得獎感言

首先必須感謝台灣房屋對文藝的愛好與支持，能夠獲獎實屬僥倖，寫作是一條漫長又艱苦的道路，而文學獎是這廣大荒漠中偶爾的綠洲城市，也是一個鍛鍊自我文筆的試金石。這一路走來的創作，都是涓滴細流匯合而成的成果，這些技巧、敘事，還有藉由對人的觀察寫下對人間百態的模擬，最終集合在我自己的作品：《風化台北：性產業的第二人稱敘事》中，感謝台灣房屋，也感謝其他這段時間支持我的人們，謝謝。

佳作

部落氣息

麗度兒・瓦歷斯

圖／Betty est Partout

得主簡介

泰雅族加上一半排灣族，1992 年生，在泰雅族部落長大，北漂都市工作生活，夜深人靜的時候，我開始寫部落的故事。

冬日的清晨，天空透著濛濛的藍，mihu 部落位於大安溪上游，群山環繞，傍著日夜不停的轟隆隆溪流聲。太陽尚未跨越遠方的高山，日光只是微微地，矇矓地折射出天空的顏色，這是山上最冷的時候，人的聲音伴隨著一口白色霧氣，散進空氣之中，冷冽的晨霧混合著即將燒盡的炭火煙塵。

我記憶深處的，部落氣息。

yutas（祖父）和 yaki（祖母）總是在天剛亮的時候上山工作，搬運機在門外響起轟轟巨響，再漸漸遠去。我醒來看見院子裡熄滅的火堆，淡淡的餘溫散發著濃濃的炭火味，就像昨日的早晨，也會是明日的，那時小小年紀的我，以爲這會是每一日的早晨。部落裡家家戶戶都有燒火的習慣，就像一日三餐，然而在我沒注意到的時候，它卻悄悄地不見了。

幾年後，mihu 部落受到九二一大地震重創，我們搬進了部落新建的組合屋，我記得那一年冬天非常寒冷，組合屋無法抵禦低溫，我經常裹著厚重的被子縮在角落裡。新年到來的前一天，被震垮了家的族人們圍繞在組合屋前的廣場，升起了熊熊燃燒的火焰，我們聚在火堆前取暖，圍在一起喝湯吃肉，安慰著彼此疲憊不堪的心。

搬離了組合屋，我們家開始在部落租屋生活，小小的房子擠了大大小小十個人，客廳有一個 yutas 專用的小火爐，兩隻手就能提起來，比一個板凳還小。冬天的時候，小火爐從早到晚都煨著木炭，yutas 偶爾還會在裡面烤地瓜來吃。我那時正值青春期，最厭煩家裡的這股炭火味，因爲平日要下山到鎮上的中學讀書，這股味道經常讓我被同學揶揄，他們問我原住民家裡是不是每天都烤肉。後來，我到外縣市讀書、工作，漸漸習慣了城市裡混濁的空氣，每年僅回家寥寥數次，這時反倒意外地發現山上的空氣有多麼清爽新鮮。

不知道是什麼時候開始的，我忘記了部落的氣息。直到那一天，一通電話告知我 yutas 去世的訊息，我匆匆趕回部落，看見家門外升起了火堆，來訪的族人們喝著火堆旁溫著的那一鍋樹豆湯，圍坐在一起聊著他們的朋友、我的 yutas 的故事，那一簇紅色的焰火和淡淡的白色煙塵，像久遠以前的冬日早晨氣息一般撲面而來，呼喚著我。

評審意見

家重要的往往不是有形的實際居住空間，而是在於家人聚居所不經意形成的認同與親密感情。特別當人們在人生輾轉中，自願或非自願離開家，離開家族，離開部落，更能體會這種遙遙的鄉愁。本篇寫出了鄉愁不同視野的展現，以火焰，煙塵，炭爐，勾勒出原民部落那種所有人都是一家人的溫暖情意，作者引領我們深入家屋中看老人的生活，族人的生息，以及流淌在自身血液中的部落氣息。——蔡逸君

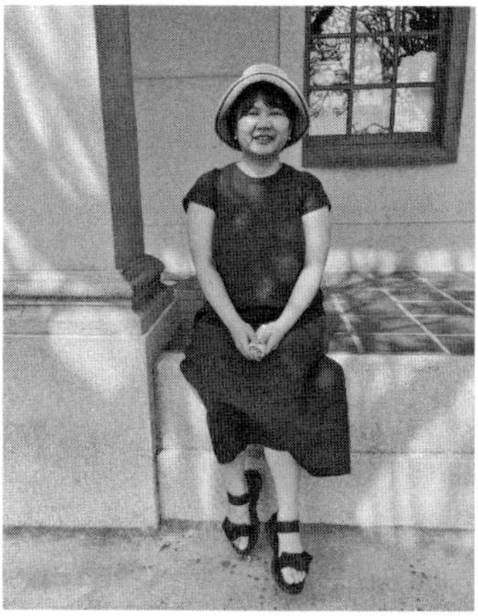

得獎感言

家不只是一間房屋，家人也不僅止於血緣關係，在部落的生活是這樣的，那是一整個社群的緊密連結。很開心和大家分享，關於我的部落的故事。

瓦 佳作

張舜忠

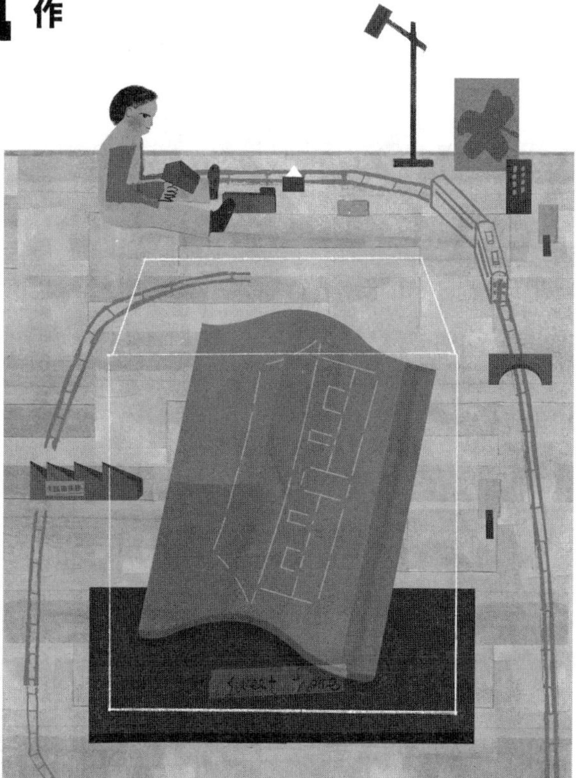

圖／PPAN

得主簡介

資深上班族，歷練媒體業、電子業、旅館業、營造業。英文領隊、日文導遊考試及格。喜好旅遊、閱讀、寫作。

阿俊在深夜時才回家，身上髒兮兮的，拎了一只麻布袋。

「那裡面裝什麼？」

「沒什麼。」

自從我告訴阿俊，我媽同意搬來我們家住之後，阿俊就變得怪怪的，他沒有說不，那就表示不反對。這樣就夠了，我不想多說，怕萬一我們吵起來事情又會變卦，屆時，阿俊又有意見或我媽鬧彆扭，就糟了。

當阿俊去洗澡時，我先上床睡，一時間，睡不著。

我們結婚二十多年來，他對我娘家的事總是不以爲然。我娘家在桃園鐵路縱貫線旁，是一棟磚瓦平房，開雜貨店，但我爸老是不務正業，在外忙著爲黑白兩道喬事，店是我媽在顧、孩子也是，小孩養大了，全跑了。當我爸過世，我媽年邁，常會回家看看的只剩我這個排行老么的唯一女兒。

桃園要蓋捷運，娘家的房子被徵收，我媽領到一筆補償費，我那些許久不見的哥哥們又出現了，七嘴八舌，將我媽的錢領走，分掉，就不管我媽了。這些事，阿俊全看在眼裡，他皺眉，但不說話。

「我要媽搬到我們家住。」我態度堅決的告訴阿俊。「小云去台北念大學了，她的房間是空的。我跟她提了，她說好，歡迎阿嬤到我們家住。」

聽我這麼一說，阿俊沉默。我原以爲他要說什麼的，這讓我有點意外。

娘家的房子被拆除的前夕，也是住在桃園的阿姨顧慮到我要上班，主動跑去幫媽媽打點，將家具處理掉，其他能用的東西能送人就送人，還先接我媽過去住。這樣最好，世界上唯一能安慰我媽的人，只有她的親妹妹。我很感謝阿姨，我自己從小到大很會跟我媽拌嘴，一直是會讓她傷透腦筋的女兒。

半個月後，我媽搬來了，阿姨親自開車載她來的。我媽的行李不多，就剩兩只大的舊行李箱。

「房子拆了，什麼都沒有了！」我媽看到我，不免還是念念有詞。我知道她飽受衝擊，但是一時之間，也擠不出什麼話來安慰她。

此時，意外的，阿俊也早早下班，抱著一個木框玻璃展示盒走進來，額頭冒汗。坐在客廳沙發上的我媽，看見阿俊手上的物品時，馬上跳了起來，神情激動，淚水奪眶而出。

「那裡面是瓦，眞的是瓦，我們家的瓦！」

評審意見

本文從敘事者和丈夫阿俊的對話開始，對談中充滿懸疑，接著描述母親養家、因蓋捷運而家屋被政府徵收，以及作者兄弟們領光了錢卻不顧母親等事件，身爲女兒的敘事者堅持要讓母親搬來同住，在這些敘事中，阿俊的形象從影子轉爲光亮，看似沉默的他帶來了見證家曾存在的瓦片。瓦片不僅象徵了家的往昔，也具體而微地濃縮了家曾有的形狀，即使最後殘缺而破碎，但那仍是不可抹滅的存在。最後阿俊撿拾並遞給母親的段落中，也暗示著比起親兒子，沉默女婿的溫柔與溫暖。——李欣倫

得獎感言

台灣房屋親情文學獎深具意義，能夠獲獎很開心。
謝謝主辦單位、謝謝評審老師，非常感謝。

佳作

死去的蜘蛛

張舒婷

圖／Dofa

得主簡介

大二生，目前就讀於逢甲中文系。興趣是看書、畫畫和寫作。最喜歡的一句話是：「想幹嘛就幹嘛，別活在過去，也別寄託在將來。」假日如果沒事，就喜歡宅在家看小說，或者出去散步曬太陽。

黃昏的餘暉落在窗欄，我趴在虛掩的門上，左眼擠在細細的門縫間，窺視著所謂「家的日常」，那些高舉的拳頭、流不完的眼淚和散在地上的玻璃碎片。

我的左眼從交錯的人影，漸漸移到屋內的白牆，我看見一隻蜘蛛，牠爬過陳舊的全家福，在跨越相框的那一刻，猛然墜落在地，隨後，便被一雙拖鞋重重輾過。

「啪唧。」我無聲地說著，像是聽見汁水從四分五裂的外殼中爆開，發出黏稠的聲響。

過了許久，屋內才重新陷入寂靜，我依舊怪異地站著，左眼泛起微澀的酸意。直到媽媽崩潰的哭聲響起，壓在我僵硬的身軀上，我才恍覺，原來我和她早已蜷曲在這個家最陳舊的角落，只是一人在崩潰，一人在旁觀。

我想說：「媽媽，別哭了，離開吧。」

去一個能讓你開心的地方。

可我卻清楚地知道，不可能。

她只會反覆地說著：「不行啊！你忘了你弟弟了嗎？他才八歲！沒有我在的

話，他該怎麼辦？」她的臉上一定還殘留著清晰的巴掌印，嘴上卻仍試圖著為自己尋個圓滿的說法。

黃昏落山了，月亮從地平線上趕來看我，看我在被窩裡的嘆息，看媽媽和那個男人在弟弟面前的溫聲軟語，像是它映在水裡時的月影，模糊又扭曲。

時間滴滴答答地走，新的一天最終還是來了，我掛著明媚的笑容，向那個男人問好：「爸爸早安。」

「早安啊！」他笑著說道，宛如一位溫柔的父親。

媽媽也笑著從廚房端出早餐，紅腫的雙眼瞇成兩條細線。

我的餘光掃過角落，死去的蜘蛛還黏在地上，這個家卻有了一絲溫馨的模樣。

昨晚剛從阿嬤家歸來的弟弟坐在桌前，看向我時的雙眼清透無比。我看著他漂亮的眼睛，像是一潭清澈的湖水，永遠映著這個家最美好的模樣。

這讓我想起昨天傍晚的那隻蜘蛛，平穩地爬著，卻粉身碎骨，汁水橫流。

多麼可憐。

「早安。」我笑著對他說。

此刻，黏在角落裡的小小黑點，散發出令人作嘔的屍臭味。

整個家，四個人，卻只有我一人聞到了。

評審意見

在充滿陰鬱的筆調氣息中描寫家庭的暴力與家庭的假象，如同日與夜的更迭中，兩種已知真假卻彷彿難以辨識的認知衝突，如此激盪。通篇令人沉迫肚腸。——許悔之

得獎感言

收到得獎訊息時，我很難想像這是眞的。我從國中開始就參加各種文學獎，但每每都是鎩羽而歸，這讓我對自己的信心大打折扣，大學之後就再也沒有提筆參加比賽了。直到前段時間，受到朋友的鼓勵，才下定決心，要把自己最晦暗的那段記憶寫下來，讓自己不要拘泥於過去，也擁有再次寫作的勇氣。感謝我的朋友，也謝謝我自己，下次我會寫得更好。

桂花樹

佳作

溫琮斐

圖／Sonia

得主簡介

嘉義大學獸醫系學士，台灣大學臨床動物醫學研究所碩士。高雄人，現職小動物臨床獸醫師，以及一名女兒的爸爸。經營臉書粉絲頁「獸醫好想告訴你」。曾獲南山文學獎。

園藝店老闆娘舉起花盆，說這種桂花四季都會開。「冬天也會？」我半信半疑的發問。「冬天才開得好呢，你沒聽過桂花無風十里香嗎？」我不太明白這跟冬天有什麼關聯，還是接過沉甸甸的香水桂花、說了謝謝。離開時，門外車馬喧譁。

騎機車載桂花回家，暗綠色的葉片與鵝黃色小花在胸口瑣碎磨蹭，甜膩膩的。沿途想像滿屋子香氣，忍不住笑出聲音。

桂花的味道使我想起老家。

老爸說庭院那株巨大桂花樹也是從他的老家移植來的。小時候，爸常和我分享他的兒時記趣，講閃爍複雜的星空、聊他在溪邊釣牛蛙。我總是很捧場的發問，比如說爲什麼星星都躲起來了？要怎麼釣牛蛙？爺爺家的那棵桂花樹去哪裡了？「爺爺家的桂花現在就種在庭院呀。」爸爸用當時的我看不懂的表情，這樣說道。

過了二十幾年，大概就是爸變成老爸之後，我也要搬出去住了。老爸的故事使我嚮往田園生活，想要住在涼涼的樹林附近。但爲了工作、爲了慢慢長大的女兒，終究還是住進都市。小陽台種好桂花，稀稀疏疏的，我說服自己，說這是極小規模的森林。

牽著兩歲多的女兒來看剛添購的植栽，「妹妹妳聞聞看，好香的桂花。」我說。女孩的小臉湊近、鬥雞眼盯著凝固在空中的鵝黃色迷你煙火，用力嗅了嗅，「哇，好香哦。」她複誦，接著就一溜煙跑去玩布偶扮家家酒，「爸爸快來玩吧，你是兔子爸爸。」我只好蹦蹦跳跳的跟上。桂花留在陽台，樹影被下午斜斜的日光熨在客廳的地板上，像一件家具。

晚上，城市的夜空沒有星星，更沒有牛蛙大提琴般的鳴叫。我摟著女兒，在淡淡的桂花味空氣中講述關於繁複星空、清澈溪水的故事。「爲什麼星星都不見了？」女兒歪著頭發問。我驚覺自己的樣子和老爸重疊在一起。

周末老爸來找他的寶貝孫女玩，看見小陽台的桂花。我原以爲他會嘲笑這荒涼景致，他看著搖曳的葉子愣了一下，「種桂花，你的土要多混合一些沙。」就開始傳授種植祕訣，直到孫女跑來拉他的衣角。

在女兒和老爸的笑鬧聲與桂花淡香裡，我忽然感到釋懷，發現這裡是小規模的老家。

評審意見

桂花樹彷彿是一棵家族樹，負載著幾代人的傳承祕辛。爺爺爸爸女兒孫女，藉著桂花樹，時間既延續又消泯，既分離又重疊，十分有層次的敘事，看似平凡，卻有著內斂的感情。

「桂花的味道使我想起老家。」老家是一個嚮往的座標，有父親的童年，環繞著自然配樂，星星牛蛙，一路追索著，直到桂花樹現身。爲了召喚記憶，進入童年時光，於是在城市小小陽台種上一棵相思的桂花樹，以此喚回父親，又藉此接續了下一代。作者寫女兒聞花香的那段細膩動人，即使城市居所沒有田園牧歌，但只要有桂花樹就能和童年重疊，和記憶遭逢。「這裡是小規模的老家」，結語勾起移居者的永恆懸念。——鍾文音

得獎感言

書寫跟女兒有關的事的快樂僅次於跟女兒互動的快樂，而這樣的快樂得獎了，可見是很客觀的。感謝台灣房屋親情文學獎，使我細細琢磨屋子變成家的過程，再一次經歷那些溫馨的時刻。

新家

蘇菲

圖／無疑亭

得主簡介

本名鄭淑芬，嫁了一個老公，生了三個孩子，拿鍋鏟、寫程式，還在長大的人。

三星期前阿公中風，急救後住院復健，而家裡也在「復建」。

「厝內整理到按怎？」

「磚仔疊好啊，兩三天前紅文土乾，水電就來做浴間仔，門再安起來，油漆漆漆咧，就差不多了。」阿嬤報告家裡一樓改建套房的工程進度，原本三樓的房間阿公是沒辦法再爬上去了。

「那一晚妳若是卡早起來，我可能就不會按呢。」阿嬤那晚追劇追到快十二點才上樓，一開門看見阿公癱坐地上。

「叫半天都聽嘸！」阿公想起來還是有點氣。

阿嬤自知理虧，但還是回了一句：「醫生進前就叫你去檢查腦血管，你不聽才按呢！」

這完全是事後諸葛，一直以來她都是被照顧者，廚房以外的事全都阿公在處理，出國連自己的血糖藥都忘了帶，最後整個人發抖地撐回國送急診，阿公都快被嚇死。

阿嬤抱怨：「你不在，連電視都不演了。」其實不是電視壞了，是有線電視逾期未繳。

「帳單在屜仔底，去便利商店『逼逼』，妳會曉否？」會的，被「逼」到的阿嬤今天開始學坐公車來醫院呢。

「後面那欉櫻花妳有放冰塊否？」

「我沒法度。」

以前只要說我沒辦法，阿公就會處理。過去花期前一個月阿公便每天在樹下放冰塊催花，「騙」櫻花開。少了阿公的照顧，今年櫻花開花要靠自己了。

「不過，我有幫你顧著，特別交待後面阿寬的外勞別帶狗在樹腳放尿。」

「阿寬的外勞不是在顧他？那換在顧狗？」

「阿寬走了，頂禮拜的代誌。這馬換在顧伊囝的狗。」

兩老突然覺得這裡有點地獄哏的好笑。

別看阿公現在好好的，其實住院以來毛病不斷，攝護腺、流感、肝指數，阿嬤顧忌著把話轉走：「緊出院，咱來住新房！」

阿嬤是今天才認識阿公嗎？阿寬三十年的老鄰居了，這點玩笑他不會在意，也沒辦法在意了。

阿公反而像在笑自己，開自己的玩笑阿公可沒在顧忌的。

「攏八十外歲啊，還轉少年要入『洞房』哦。那要放炮請人客否？」阿公捉狹地問。

「三八！」

婦人住院生小孩，阿公住院生出一個新阿公，即將住進新的身體、新的房間，新到從學怎麼說話、走路、站起來開始。

評審意見

文字靈動，對話很有生命力。

生動描寫了阿公與阿嬤的位置對調後的種種趣事，但卻隱隱有著淡淡的感傷。位置轉換，阿嬤原本有阿公打理生活瑣事，但生病的阿公住院了，阿嬤於是得開始要靠自己了。「今年櫻花開花要靠自己了。」一句話就帶出了阿公的重要，形象生動，情眞意切。最後阿公即將住進「新的房間」，在敘事的淡然中，逐步刻畫出感情的深度。新家重新連結著新身體的感情空間。——鍾文音

得獎感言

希望不要被每天見面的人看到，寫作是我的私密空間。

羞避

佳作

汪龍雯

圖／林蔡鴻

得主簡介

汪龍雯，在台灣的輔仁大學唸完物理，到美國的 Oregon State University 拿到統計碩士，做過工程師和補習班英文老師。曾經是擅長計算規劃的理工人，現在是在瑣碎生活中體驗生命的半全職家庭主婦。

異國土地上，我才看清楚原生家庭的樣貌。

剛到美國西岸唸碩士時，森林系友人邀我前往海岸 NewPort 地區觀察美洲雲杉林。美洲雲杉是北美西岸特有常綠喬木，動輒幾十公尺高，拔尖能超過一〇〇公尺，從阿拉斯加一路經加拿大到北加州，皆能見其高大挺拔的身影。我在林中抬頭仰望，以爲將見到如台灣森林般枝葉相纏的濃密，卻看到樹冠與樹冠間極靠近又互不相觸，形成如人工劃出的溝狀開口，那樹與樹間的邊界，像飛騰高空卻曲折蜿蜒的一條條河流。

「很美吧！」手持專業相機的友人邊拍照邊解釋：「這種樹冠羞避的現象是攝影師的最愛，常發生在同種大型喬木間，那些看起來像拼圖的間隙是保護自己也保護他樹的生存之道。樹木極力伸展向外伸展枝椏，以獲取資源，末梢停止往此方向擴張，讓自身健康成長，並有利族群延續，這種樹與樹的禮讓行爲和人類文明社會很像，它們努力向對方靠近，同時又極力不要觸碰對方敏感部位，似乎疏離，其實也是一種溫柔——」

我當下震驚無語。

一直以爲，我家是冷漠無愛的國度，經歷生活中或大或小的磨難後，早成乾涸大地，是土壤板結龜裂的不毛之境。每次爭吵都讓完整表面迸出一條縫，家成了布滿裂痕的杯，裂痕明顯可見，大家只是忍耐中緘默著並視若無睹。

此前，我以爲的幸福家庭應如連理枝——兩棵樹若因外力相互摩擦，把樹皮磨光了，形成層的細胞會緊密連結並相互增生，到最後傷口處就黏在一起長出連理枝，成了生命共同體。我總羨慕別人家能親密無間如連理枝，不似我家疏離，便毅然決然背起行囊出走他鄉，希冀在遠方找到屬於自己的親密無間。

沒料到，在他鄉，我才深刻了解到。

原來，我家並非一只充滿裂痕的茶杯，那些我以爲的疏離，如同樹冠羞避，是爲了讓彼此能喘息存活；所謂的裂痕，其實是我們用來相互維護對方的敏感並且保護自己的細緻所形成的邊界。

我們一家人都是在靜默中互相羞避的樹冠。

評審意見

透過美洲雲杉的生長樣態，對照並描述原生家庭的關係狀態。有禮與文明，標識了一種「相忘於江湖」般的疏離，唯實乃可保自在。淡淡的，淺淺的，好像有點哀愁，但又是一種關係中相處智慧的探索。——許悔之

得獎感言

極開心也很榮幸能得到評審的肯定。

在陪明年要考學測的兒子試作今年學測的英文考題時，赫然發現試題裡提到「樹冠羞避」一詞，驀地，憶起第一次觀察到這種現象的那分感動，於是發念爲文留念。

人近半百之際，當初的激動已不復在，過往種種都淡化得輪廓模糊，幾近消逝，還能有這個機會把曾經的震撼和心情跌宕細細述說，實屬有幸。只要走得夠遠，所有開心的，不如意的，都只能過去。

再次感謝。

開燈

佳作

蘇志成

圖／韋帆

得主簡介

國貿人，因工作需要，過去時常往返兩岸三地。

102 年兒子出生後，家裡的大少爺換人做，昔日紈絝、終日等人奉待的土阿舍，已然降職爲人父。

時光荏苒，養兒七年，跌跌撞撞、挺肚揮汗，終錘鍊成「天下武功，爲父都會」，的鋼鐵奶爸。奶爸心弦爲子解嚴，情感如同野馬脫韁，於是開始記錄生活，藉文字拭淚，一拭，成癮。

冷風中，飄來細碎的耳語：他們家大兒子回來了……

晚飯時分，家家戶戶窗前，透著黃暖的光，不時傳來敲鍋炒菜的聲響。有戶人家，卻暗過夜的黑，靜默的像是房子啞了。屋內沒燈，門口成了鄰居的停車場，垃圾四竄……

我站在門前，手中的遙控器對鐵門，已經日久失聯，只有靠鑰匙打開門閂鏽堵的小門，讓我開個鎖，也能百轉千迴。門開了，一陣初霉泛味，憑印象摸索牆上的按鍵，一排三顆，我還是開錯了廳燈，索性全開了，一瞬間，光，掀開了這個遺境……的防塵布。

今年，我提早回家，開燈。

家裡都是老家電，爲方便開關，爸設置了很多斷電器，用拉長電線來土製遙控器，所以電扇的開關是在藤椅旁的插座，直接在電扇旋鈕，反而會撲空。明明是家，卻四處暗藏著陌生，像青春期時的父子關係。

爸有老花眼，所以屋內有三座大檯燈站崗，像跳棋般分布在各個桌面。電視旁那張方桌是經典，舊時放在榻榻米上的矮桌，捨不得扔，於是幫它釘了四隻長腳，陪我們一起長高。

走進浴室，水龍頭吐了幾口淤黃後，只剩斷續的哽咽。打電話回台北問媽，才知還要重啟抽水馬達。媽不忘碎念：「你就是阿舍啦，從小都是人家給你攢好好的！」

是啊，每年回家，爸加開的廊燈，像鑲在中華路的主鑽，那是讓孩子們老遠就能認出家的識別證。而爸，眼睛盯著報紙，耳朵卻似哨兵，到家了，孩子們奔向眼中只看到孫子的阿公，阿公拎一個、抱一個，走向中庭那個親手徹夜製作的盪鞦韆，爺孫一起歡呼嬉鬧，直到被催著，洗澡、吃飯了！

一切，爸都攢好好的。

爸的工作桌中間有個上鎖的抽屜，是座禁區，也是父親的心，不可撼動。我終於還是打開了它，五十公分見方的格子，內容物沒有想像中的豐富，有他三個兒女的大頭照、一支我念國小時摔壞的鋼筆、一個我在父親節送他的打火機……原來，爸一個人在家的時候，我們就住在那裡。

燈，已經全開，屋子怎麼還像沒醒？牆上日曆留著父親最後一次北上住院那天，撕下後的日期……是不是還有其他燈的開關啊？

小年夜，我繼續開燈，看家。

評審意見

回到父親不在的老家，一盞一盞地打開屋裡的燈光與家電，舊家竟是如此陌生在眼前展現。作者藉著開燈的意象，回憶起青春期與父親熟悉又疏離的關係，也由廊下父親爲孩子加開點亮指引回家的燈，透露溫暖又綿綿的親情。細節刻畫得極其動人，父親已不在的家，雖漸漸隱晦，失去了一切，卻也經由回家開燈，在睹物思人中，過往的一切又活了起來。

——蔡逸君

得獎感言

我是寫作的素人，能得此殊榮，首要感謝的是生命中的兩位導師。

先是羅老師看到我在LINE上分享的心情小品，鼓勵我把片段、零散的短文寫成散文記錄生活，並指導我該怎麼善用文字，讓心情在文章中自然地流露。之後，陳老師不吝分享經驗，一直幫我注足信心，建議我參加文學獎，試著從過程中來得到更多的肯定。磺溪文學獎的徵文，就是陳老師提供給我的訊息。

其實在寫作的同時，爲了詢問一些往事的細節，我與家人多了很多的話題與互動。文章尚未投稿，親情已經升溫，早就未戰先勝……

箱

佳作

黃脩紋

圖／蔡侑玲

得主簡介

生於高雄，長於鳳山，居於臺南。喜歡新事物，但常常半途而廢，縮回床上伴隨電視入眠。曾獲吳濁流文學獎、九歌現代少兒文學獎，仍然持續投稿奮戰著，而總在肯定與否定之間，上演許多內心小劇場。

「什麼時候去你家玩？」同事知道我買房，賀喜之後，總會再問上一句。

下次吧，等我整理好。我也總是這麼回答，笑說自己太怠惰，已從租屋處搬來所有行囊，卻仍是成堆紙箱，霸占屋內各處角落。

落居一年多，行囊依然存在，數量變多，體積卻縮小，從裝滿衣服電器的大型箱子，漸漸變成提袋或布包，裹著幾本書，或是髮飾和手工藝編織，而更多時候是幾袋食物。

這是我從老家帶來的行李。

自己的東西就放在自己的房間，如此耳提面命數十年之後，一旦買下自己的房子，似乎便該將所有積存老家的物品，一一搬到另個城市的新家。

所以我像螞蟻一樣，每逢周末回到老家，背起一點點行囊，緩慢搬運滿屋雜物。而爸媽，依舊奉行數十年的教育哲學：自己的事自己做，他們才不幫忙，偶爾還會加重負擔。

「冰箱的水果有拿嗎？」台南有的是地方賣水果，但我點點頭，拎了已經削好去皮的蘋果，搭上北返車程。

「現在衛生紙搶著兇呢，你多帶幾包去。」新居樓下就是超商，但是衛生紙又輕又好用，免費的東西也沒理由不拿，便往行李箱再塞了幾包。

「大姨送來的腰果餅，好吃喔，吃吃看。」我偏食，又挑剔，嫌棄傳統大餅的粗荒，而終究還是被說服，擱入YouBike前籃騎往車站，任由顛簸將餅震得更碎。

而這塊餅，會變成下周一至五的早餐，在我異鄉的辦公桌前，看著螢幕閃爍未完業務，就著幾口奶茶吞下碎餅，咀嚼著家人同在另個城市享受的滋味。

我像是離開了家，卻又捨不得離巢，如同候鳥在兩個城市之間不停遷徙，而每次北返之際，多帶一袋行囊，多半是房內舊物，或只是客廳桌上幾塊餅乾，全是不值錢的東西，總是伴隨著我的嗔怨以及爸媽的碎念：「是有多重？」

當然重啊，那一袋，那一箱，都是思念，是對老家的惦記。

我仍然像隻螞蟻，每個禮拜，搬運一些關於老家的記憶，帶往那依然雜亂的新居，直到它被舊物充斥，而也終於有了家的感覺。

評審意見

我們對「家」有許多想像，許多詮釋，也有很多難以割捨的愛與惆悵，我們都說「買房子」、「租屋」，但卻也總說「成家」，空間是可以買賣租賃的，但家，卻必須用生命，用感情才能完成。這篇〈箱〉，從自己「買房」寫起，一個新的「家」似乎誕生，但全文卻寫的是與舊家的聯繫。作者從老家搬至新家的行李，一個個的箱子，其實是一箱箱的回憶，一箱箱的連結。全篇不僅是在寫空間的移動，更是在描述所念所繫的親情，全篇樸實清淡，微微的幽默中卻蘊含了深深的懷念。生命總是這樣，新世界固然可喜，但我們永遠無法拋棄昨日的故園，正如本文所暗示的主題：能安頓我們的不是物質或空間，而是漫長的思念與惦記。本文似淺實深，素樸雋永。——徐國能

得獎感言

有時候，深夜時分，我會捫心自問：我是誰？我在哪？我幹麼不去睡覺或是打電動？一個人盯著螢幕，反覆推敲幾段字句，皓首窮經約莫如此。

所有疑惑，往往會在接獲得獎通知之際，得到救贖。

謝謝主辦單位，太愛你們了！更感謝爸媽，持續餵養著怠惰離巢的我；車票還是很難買，返鄉路程還是很嘈雜，而能有幾個得以容身的歸所，始終是人生大幸，萬分感謝。

佳作

看門石

劉恩豪

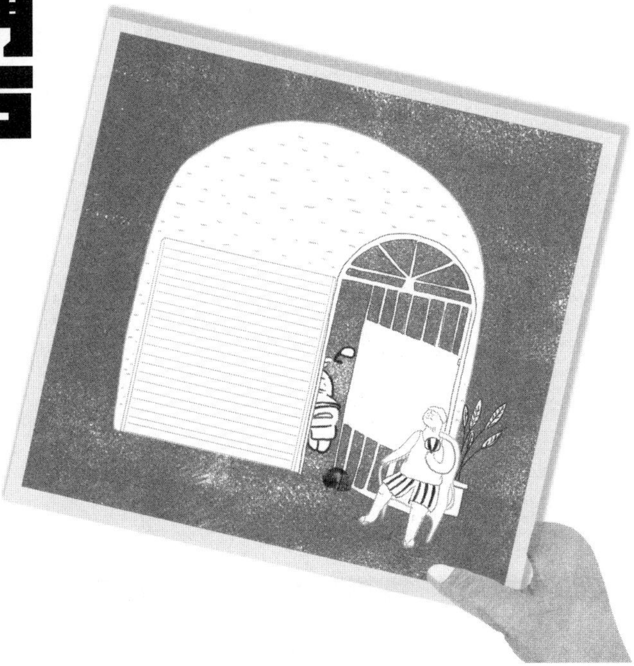

圖／黃小菁

得主簡介

我並非文史學系畢業，現職是公務員，但靈魂裡卻有一股傻勁想要寫作。不知不覺之中，數年來的埋頭苦幹，累積的創作量已逾兩百萬字，曾得過基隆海洋文學獎、臺南文學獎、澎湖菊島文學獎等。

「王八蛋，誰把看門石換了？」傍晚父親從老人會返家，赫然朝屋內大吼，旋即將小鐵門底下的一顆石頭踢出屋外。

「兇屁啊！」一旁嗔色的妹妹起身向父親頂嘴，說：「原本那顆石頭又黑又醜，我把它丟到河堤了！同事送我這顆白色外型很像兔子的石頭，我要把它換成我們家的看門石。」

一直以來，家裡的小鐵門就沒辦法全開，因此父親找了一顆石頭抵住小鐵門，好讓在外工作的我和妹妹騎機車都能順暢進入家門，不會與小鐵門碰撞，而我們都稱這顆石頭爲「看門石」。

儘管我未曾詢問過父親看門石的來由，但我很清楚它代表著父愛。每當週間下午五點，父親都會用看門石抵住小鐵門，此舉看似是希望我和妹妹出入小鐵門平安，實質上的意義卻是叮嚀著家人們要按時平安返家。

眼前父親頭也不回，逕朝河堤方向拔腿就跑。我擔心他安危，也提著腳步追了上去。

來到了河堤，只見星羅棋布的石頭散落一地，我試圖憑藉印象中看門石的輪廓去找尋它，只不過視野範圍內的大小石頭綿延了將近兩、三百公尺，跟看門石相似的石頭少說也有數百顆，要將它找出來簡直是大海撈針。

「爸，看門石有很重要嗎？」我旁敲側擊的問父親，實際上的弦外之音是倘若看門石不是非常重要的話，那就不要浪費時間找了。

「以前國中只要我上課遲到、成績太差、或是與同學打架，你阿祖就會用看門石敲我的頭。」父親摸摸頭，講得輕描淡寫，我卻稍微抽了一口氣。

「你阿公在我十三歲的時候過世！你阿祖常常告誡我，未來這個家要交給我。因爲長大後沒有犯錯的空間，所以要用石頭的痛讓我分清楚是非對錯。」父親視線快速朝河堤掃了一遍，驟然指向十公尺外的一顆石頭，寬心說：「哦，在這裡。」

父親帶著一抹淺笑，拾起了看門石。我突然覺得他會這麼快找到看門石絕非偶然，倘若所有河堤上的每一顆石頭代表父親這一生的每一道記憶，而看門石則代表著阿祖教誨的記憶，同時也是父親的記憶流當中最爲昭然若揭的。

這顆看門石貫穿了阿祖及父親對晚輩的愛，看來以後都不能再將它隨意丟棄了！

評審意見

此文以父親和妹妹之間充滿張力的對話開場，引人入勝，接著作者交代看門石的歷史故事及象徵意涵：從歷史來看，藉由作者簡潔的敘述，讓讀者知曉這不是普通的石頭，而是充滿祖輩記憶和世代傳承意義的石頭，祖輩的家訓皆銘刻於這顆有故事的石頭上，也因此能解釋爲何父親能在眾多石頭之間順利找到看門石的原因。從象徵意涵來看，抵住鐵門的石頭，融合了父親對孩子平安歸家的期盼。全文聚焦，觀點明晰，情感眞摯動人。——李欣倫

得獎感言

寫作這條路十分孤獨，唯一的戰友大概就只剩下筆電螢幕中投射出來的另外一個自己，感謝評審委員們的認同，讓我在不看好我的親朋好友們面前稍微能夠揚眉吐氣。堅持不斷創作是個人對自我的期許，儘管親友們常譏諷寫作是在「閉門造車」，但我深信只要能造出五輛車，總有一天就可以成爲「學富五車」的文豪。

佳作

脫殼

劉眞儀

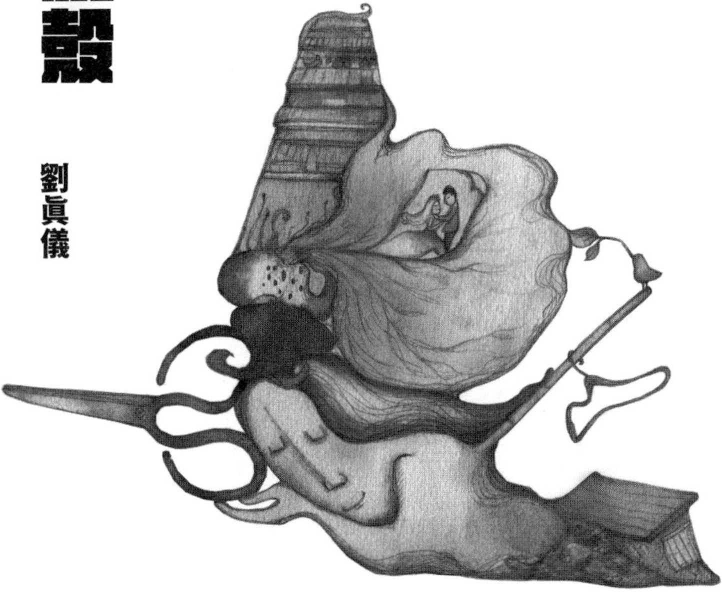

圖／錢錢

得主簡介

新北人，曾任編輯與翻譯，喜歡故事和電影。停筆數年，心仍爲文字而跳，並爲能夠重啟創作而感激。

外公家清空的那一天，我也在場。深夜的冰箱雜音和洗衣機的漩渦已運走，折疊病床、輪椅和四腳架已捐贈。窄小陽台的蝴蝶蘭，每年春日仍然撲翅飛上花梗，但無論它今年的葉片再濃再綠，終將一焚。

這並不是我告別的第一座家屋，卻是第一次，屋中器皿不再有下一站去處。四十多年的舊公寓，抽屜、夾層與隙縫似乎無窮盡。多日來母親和大姨奮力拆卸裝箱、通知收運，返鄉的舅舅苦行僧般紮營於廢墟，耐心翻揀丟棄。每件外套口袋都埋藏了昔日祕密：乾涸的髮油，散落的銅板，折疊的家信。舅舅結婚出國前託付的證書文件，外婆一層層仔細包好，藏在衣櫃裡。我們如地質學家敲開岩層肌理，發現飛禽走獸留下的痕跡。

大姨啊了一聲。你看這是我們家的幸運墊板，每個小孩重要考試都要帶它，無役不與。我記得這個故事：大姨考大學聯考前一晚，在高雄親戚家焦慮借住，什麼都帶了卻唯獨遺漏墊板在家。為女兒，為了家中第一個考生的幸運，外公隔天一早氣喘吁吁從屏東送至高雄考場，使命必達。

大姨留下了白色墊板。母親舉起一把生鏽大剪刀，外婆以前用它為家人裁布製衣。遠方的三姨交代留下一只玉鐲。舅舅選擇了曾經送給外婆的項鍊。誰的訂婚照、結婚照，這張去，那張留，想太多就扔不出手。蟬翼般輕盈脆弱，一把過往的光影殘片。

外公走後那一年變故叢生，我們幾乎失去更多。老公寓空置多月，直到我們回家清掃，直到家屋再度還原成空間。

空無一物的曬衣竿，只是兩根上漆的竹子。不再陳列全家福的櫥櫃，只是牆面的延伸。陽台拼花磁磚的地板角落容易積水，樓上鄰居種的落地生根總是風吹就落，在我們的遮雨棚蔓生一片。而未來，這都將構成另一個家庭的日常瑣碎。

我們為未來看屋的人留了幾把凳子。當他們進門，也許會希望在這裡歇一歇，想像新家的形貌。

殼一層層脫去、剝落，我們以新的體態重生。家不斷變形，無限大，同時無限小；無限膨脹，也無限集中。家是一張墊板，一把生鏽剪刀的刀尖，一枝蝴蝶蘭，一張相片。

評審意見

家的形狀是什麼？如蝸牛背著的殼嗎？死亡以後是否只剩下空空如也。本篇寫外公去世後，家人清理他生前居住四十多年的公寓，當大大小小遺物逐漸被清空，而一件件的小物卻連結著私人情感，被分送保存下來。譬如墊板，生鏽的剪刀，一張結婚照，這些細物因爲曾經牽連著家人之間的情意，比公寓房子這巨大實體更能顯像家的形象。不僅如此，末段公寓待售，作者以豁達的筆觸描寫道：「殼一層層脱去、剝落，我們以新的體態重生。」這如蟬蛻的翻轉，爲人生如寄作解，而生命最終不會是只有空空然也。——蔡逸君

得獎感言

外公於疫情期間離世，未能以我們希望的方式告別。以書寫闔上那扇木門後，那一天、那一年終於結束。感謝有這次機會串連光影和聲響，將已然消逝的家屋凝結於記憶。

謝謝所有家人，特別是爸媽與弟弟。謝謝始終相信我的朋友。你們是每一個字背後的動力。

獻給離開的四位老人，以及他們所創造的一切。

26號腳印 佳作

廖敏

圖／紅林

得主簡介

2006 年生，水瓶座。喜歡很多事物，很偏執，得失心很重，爲了避免得失的落差感，皈依莫非定律。不太懂文字，但是寫得很多。

爲賦新辭強說愁，是目前最大的困擾。

峨嵋山。母親平生最自豪的壯舉是背著襁褓中的我登頂峨嵋山，她吃飯時說起，澆花時說起，即便體力不比從前，退而求華山之半腰時，平望滿谷的檳榔樹，母親又提了一嘴。

成長年月間，母親一肩載覆弟弟與我，飛越坦途與險路。記憶裡，有母親甫拖完地，我即刻趴趴走的泥腳印；有母親蹲坐大道一隅哭泣的背影，她擦乾眼淚踅回街尾，牽著我的手步向遠處的銀行；也有母親濺了泥卻看不出的深色布褲，她謹慎走在發澇的山路上，借一夜的月光，背著弟弟、牽著我，蜿蜒回林深的老家。我絲毫不懷疑母親踏下的步數，足以極盡宇宙之外，她是我的巨人，是家的建築師。家的地基由母親一步步刻入土壤，那雙扁足踏下的腳印，是我們不需收取門票的遊樂園。

家中三樓小房間是一室的女鞋，自從經濟有所起色後，母親總是趁店家清倉之際，囤積大量的鞋，我腹誹母親是貪小便宜卻忘了當初艱苦的日子，就是靠母親的「貪小便宜」一路走來。汆燙玉米的水不急著倒棄，將手放進盛著微黃微香玉米水的鍋中，吸飽了溫度，我問母親玉米水有什麼益處，她卻答：「妳外婆也是這麼做的。」外婆的模樣在我印象中已是淺淡的人影，只有在翻閱泛黃照片時，依稀回想起花布粗糙的手感，和歷經風塵的足趾。因爲，母親也有那麼一雙腳，厚繭、灰指甲、小指外翻。三千里的路，三十塊的鞋，三個人的家——都烙印在母親腳下。

母親讓我坐在她肩上，慢慢地，使我踩在她腳背上，告誡我步伐的輕緩、路途的遠近，我看著母親一步一步踏上外婆的足跡，不是覆蓋，而是加深。

弟弟的腳小小一隻，印下的足印，內斂在母親足跡內，就像十年前母親的掌尚可包覆我的拳頭，此今，我是母親一手懷抱不住的大孩子，母親是我仰望不盡的峨嵋山，我將踏上母親的足跡，把記憶裡的路，復刻成一輩子的征途，肩上是我愛的人，峨嵋山上的雪是我們心照不宣的祕密。

人生浩大，如一幅盛觀的拼圖，屬於家庭的缺空，不是矩形，不是圓形，是屬於足弓深陷的26號女性腳印。

評審意見

「人生到處知何似，應似飛鴻踏雪泥。泥上偶然留指爪，鴻飛那復計東西。」有關足跡，我們有太多浪漫的想像，有太多襤褸的回顧。然而所謂足跡，難道不是眞眞實實走過的人生之印，甜與苦、愛與夢，永遠深深烙在我們水泥未乾的心底。這篇作品眞實感人，在許多細節處，昭彰了一種沉默的偉大，母親的愛與承擔，成長的點點滴滴，都在每一個足跡中得以深刻。本文全篇樸素自然，但卻處處顯示出作者的慧心，對情的理解，對生命的包容，對家的詮釋，都自然而深刻，結尾巧命點題，作者的藝術涵養渾然天成，文學成就值得期待。——徐國能

得獎感言

小時候，母親蹲在大道上掩面哭泣，隨即她抹了臉，牽著我趨向路尾的銀行。經過童裝店，櫥窗中粉嫩洋裝吸引著小女孩靠前，我央求母親買予我，吵鬧、撒潑、打滾。淺薄的印象中，最後，母親買下了洋裝，還帶我去吃了難得一入的肯德基。

憶及小時候，大多的景象都模糊了，只記得片段的名詞和莫名的情感。長大後，無來由地抵抗裙子、粉色、速食。下筆此文時，我才發覺，我一直都在懺悔。

此文獻給母親，致她的手與足、繭與風霜。

紙船

評審推薦作

林品璇

圖／豆寶

得主簡介

1994 年生。畫圖的人，也渴望成爲寫文的人。

阿公家旁邊的田邊有好幾條灌溉溝渠，爸爸說他們小時候裡面還可以看到魚跟蝦，儘管到我們這代只剩下福壽螺，但我們還是會沿著流水，一路找尋有沒有魚蝦的身影。

而除了找尋不存在的魚跟蝦以外，大家最期待的活動就是摺紙船。每到雨季水流上漲時，我們就會跟著爸爸圍坐在桌前，用著撕下的日曆紙摺著一艘又一艘的紙船，然後到溝渠旁進行比賽。

流水滾動著，帶著紙船往前跑，我們追著小船奔馳在田野間。而在渠道的中間地段有個隧道，每當小船進入洞口，大家就會奔往另一邊的出口，蹲在地上等待著自己的船隻出來。

溝渠裡的流水依舊流啊流，牆上的日曆也一頁一頁地跑，有些人走著走著卻卡住了，就像那艘困在隧道裡的小紙船，我在另一個出口盼著，但是卻再也沒有看到它的蹤影。我們跟爸爸的關係也卡在那個隧道裡。

這年夏天因爲阿公過世，久違地又回了一趟鄉下。許久沒見的爸爸看起來蒼老許多，臉上滿是疲憊。他拿了兩張紙，把其中一張遞給我。

「你跟著我摺吧。」我們兩人各拿著一張開始摺元寶。

對摺又對摺，在昏黃的燈光下、悶濕的季節下，恍惚間又回到那個跟著他一起摺著紙船，然後一起在跟著水流追著小船的時光。久到都快忘記曾經有那樣的日子，畢竟我後來總是在練習著不需要他的生活。

「不是那樣，這邊要翻過來。」爸爸指著我摺錯的地方，把他手上摺好的地方又打開，重做一次給我看，我跟著他也把手上的元寶拆開重摺，那個瞬間有些回憶也跟著被打開。

每次有人的紙船翻沒時，爸爸就會撕下新的日曆紙給我們說：「再摺一艘新的就好。」然後讓我們跟著他摺了一艘又一艘新的小紙船。

再摺一艘新的就好，我在心裡念著這句話，耳邊好像聽到田邊那條溝渠裡的流水的流動聲。

繼續摺著，有一天也許會有某一艘小船能通過那個隧道，沿著水流到達我們不曾抵達的地方吧。

廁所爸爸

評審推薦作

高心怡

圖／許茉莉

得主簡介

交大碩士畢業。家裡開瓦斯行，但不擅長接電話。曾任廣告企畫、電商工作。

我家只有一間廁所，而且半夜十二點到凌晨兩點不能使用。應該說，除了爸爸外，其他人不得使用。通常晚上十一點，爸爸會戴上老花眼鏡，走到書櫃挑書。這個動作在我們家，意義同等萬安演習，全家奔相走告，即刻自主嚴禁喝水，積極處理個人排放系統，逾期後果自負。爸爸進去廁所多久，端看他今天挑選書本厚度，如果是《資治通鑑》，演習時間自動延長。

長達兩個小時的廁所宵禁，難免有意外發生。有次弟弟不知道吃了什麼，忽然半夜鬧肚子。這時間爸還在廁所，弟弟蹲在地上拜託爸爸開門。我從沒想過，會在半夜看到父子兩方交戰的荒唐畫面，面臨如此嚴峻的親情考驗。

究竟爸爸是什麼時候，養成在半夜上廁所的習慣？小時候睡覺前，大多看不到爸爸。那時候爸爸值夜班，等他回來，我們已經入睡。我記得每次半夜起來上廁所時，客廳沒開燈很暗，但廁所的燈永遠都是亮的。所以我小時候敢一個人半夜上廁所，因爲廁所的燈會照亮走廊。我通常會敲敲門，十之八九會傳來爸爸的聲音：「是姊姊嗎？爸爸在裡面。乖喔，等爸爸一下。」，我就會乖乖的坐在外面等爸爸，然後等到睡著。小時候雖然一整天都見不到爸爸，奇怪的是，總覺得爸爸一直都在家。

長大出社會工作，我好像能稍微理解廁所對爸爸的重要性。也許今天早上趕報告的時候，主管卻坐在電腦旁討論業績；可能下午視訊會議時，忽然發現自己喇叭壞掉；又或者在回家的路上，公車裡人好多好擠。有時候，生活中充斥太多繁瑣噪音，讓人希望有個地方可以隔離人群，安安靜靜地與自己獨處。小時候覺得這聽起來很簡單，但長大後才知道很珍貴。

有人回家的時候，阿嬤會煮一桌的菜等他。我回家的時候，只有爸爸會在廁所裡。也許不是在等我，但我莫名覺得安心。只要去廁所敲敲門，爸爸就會說「姊姊嗎？爸爸在裡面嘿」，然後我就可以在外面的世界，安然度過明天。

洋裝

評審推薦作

陳力安

圖／陳佳蕙

得主簡介

1998 年生，女性，現居於臺中市，目前正就讀彰化師範大學國文所。

平日的興趣，是透過歌曲與影集學習語言，此外，也喜歡天文觀測。

想當一名能夠幫助學生的老師，也期許自己，能做一位內心溫暖的人。

「啊！這件衣服也不能穿了……」母親站在衣櫃前，手裡拿著那件穿了多年的T-shirt，遺憾地說道。

自我有印象以來，母親一直都很瘦，所以衣服的尺碼向來多是S碼，直至去年，母親有了自律神經失調的問題，開始吃藥後，體重急速暴增，衣服的尺碼自然也跨了幾階，從S碼變成了L碼。因爲這樣的不可抗因素，我與母親決定一同前往服裝店，準備去挑選一些，母親穿著合適的新衣服。

「這件如何？」我拿著一件長T問道。這件衣服，與母親長久以來的著衣風格相似，我想母親應該會喜歡。不想母親卻搖搖頭，嫌棄地說道：「我想要穿好看的裙子。」

這眞是出乎我的意料。打小我只看過母親穿著褲裝的模樣，甚至一度以爲，母親其實偷偷接了運動褲的代言。穿著裙子的母親？我只在照片裡看過。

母親是個浪漫又熱情的外國人，家裡存有許多母親年輕時遊山玩水的照片，而照片裡的母親，總是穿著或鮮明、或秀麗的洋裝。

小時候，我很喜歡看母親的那些老照片，有時候母親得空，便會一張一張，告訴我照片裡的故事，也告訴我那些洋裝的優美之處。「媽媽年輕時，可是有不少追求者的呢！」每當看完照片，母親都會這樣笑著對我說。

在認識了父親後，母親隻身一人前來台灣。行李箱很小，許多東西都帶不走，只能留下，包括那些漂亮的洋裝。

「妹妹，妳覺得這件好看嗎？」聞聲我抬起頭，映入眼簾的是一件淺藍色的碎花洋裝。我敢肯定，我絕對在某本流行雜誌上看過，會不會太年輕了？我心想。

正當準備開口時，我對上了母親雀躍的眼神。隨著時光的流逝，我已與當年拉著行李箱的母親同年，而母親呢？視線逐漸矇朧，我恍然發現，母親一直都是那位，穿著喜愛洋裝的美麗少女。

「很適合妳。」我笑著回道。隨後，母親也笑了。

二〇二三
第三屆台灣房屋親情文學獎 決審紀要

時間：二〇二三年五月二十日下午一點
決審委員：鍾文音、蔡逸君、許悔之、徐國能、李欣倫
列席：宇文正、王盛弘
莊子軒／記錄整理

第三屆台灣房屋親情文學獎以「家的形狀」爲主題，本次徵件來稿共九百一十三篇，扣除不符規定者四十八件，共八百六十五篇進入複審。複審委員認爲參賽作品光譜範圍廣，有趣討喜，許多非典型家庭故事，儘管悲傷，仍不失黑色幽默，整體水準比第二屆更佳。而有些作品影像感強，適合改編成微電影，有些則適合當成學測範文。先選出四十二篇進入決審。

決審委員共同推舉由許悔之擔任主席，主持本次會議。在請決審委員各自對參賽諸作提出總體評價之前，由於入圍作品甚多，爲求公正，主席就評選方式進行說明：每位委員先選出十五篇心儀作品，並分三個等第計分，優等五篇3分，次等五篇2分，其餘五篇1

分，再依據票數多寡進一步決議。評審亦可從未獲獎作品中擇優推薦發表。

整體意見

鍾文音認爲本次參賽作品水準整齊，不少題材關注住家空間與氛圍；另一類則出現懷舊傷逝的「老派」議題，有的觸及漸趨式微的傳統行業，也有幾篇寫到老匠人的晚景。

蔡逸君形容家是生離死別的場域，特別喜歡描述家人衝突的文字，與溫情書寫形成對比。正如老話所說，幸福的家庭只有一種，但是家的不幸卻有千般面貌。

徐國能認爲，八百字短文易寫難工，入選決審不容易。他特別欣賞自然與眞誠的作品，期待從中發掘作者素樸的生活實況，而有些文字斧鑿太深，反而難以動人。

李欣倫觀察到不同世代作者對家的想像，呈現不同情感風景，有祖孫情，也有老夫老妻的互動，幽默輕巧，令人會心一笑。她也留意到，飲食、物件也是構成「家」的題材，十分有趣。

許悔之比喻這回評選像走入歧路花園，奇花異卉紛呈。他的標準不以技巧優先，更在意情感的烘托，格外讚賞本次參賽作品能反映人際不同情感互動模式，不帶教訓意味，留下淡淡反思空間。

第一輪投票

◎一票作品

036〈靜好〉（李）
040〈父親的大盤帽〉（徐）
150〈一個父親的沉痛自白〉（許）
175〈把家拼合，再熨平〉（許）
244〈煙與糖〉（君）
260〈路過〉（李）
422〈可小，也可大〉（君）

625〈迷途〉（李）

664〈紙蓮〉（文）

711〈炸蝦排〉（君）

727〈回家〉（李）

860〈洋裝〉（徐）

◎二票作品

051〈開燈〉（君、文）

063〈廁所爸爸〉（李、文）

208〈叮咚之家〉（許、李）

229〈死去的蜘蛛〉（許、文）

304〈桂花樹〉（君、文）

306〈箱〉（李、君）

376〈箱〉（徐、君）

410〈紙船〉（君、文）

472〈酸草莓〉（許、徐）

570〈當你媽來住〉（徐、君）

600〈想像裡的描繪〉（徐、李）

606〈天井〉（徐、李）

613〈鑰匙孔〉（許、徐）

821〈新家〉（李、文）

834〈樹繭屋〉（徐、李）

◎三票作品

263〈看門石〉（許、李、文）

316〈26號腳印〉（許、徐、文）

425〈羞避〉（許、徐、君）

519〈脫殼〉（許、君、文）

550〈部落氣息〉（徐、君、文）

627〈皺摺〉（許、李、文）

734〈小孩〉（徐、李、君）

◎四票作品

213〈裁剪人生〉（許、徐、君、文）

443〈瓦〉（許、徐、李、文）

707〈名。字〉（許、徐、君、文）

◎零票作品

037〈舊公寓〉

152〈何以為家〉
495〈歸鄉〉
601〈煙〉
804〈你記得嗎〉

零票作品不列入討論，一票作品由投票評審講評，若得到附議則保留。

一票作品討論

蔡逸君推薦〈煙與糖〉，內容呈現人生苦與甜的對比，象徵意義極佳。〈可大，也可小〉寫出家人之間的包容，〈炸蝦排〉爲飲食書寫，子女嘗試再現母親拿手菜的滋味，家人凝聚的情感躍然紙上。

徐國能指出〈煙與糖〉內容豐富，以八百字表述實在勉強，李欣倫也期許作者能開展、深掘更多細節。評審考量後決議淘汰。

鍾文音肯定〈紙蓮〉，母親形象與觀音結合，令人印象深刻，然而〈紙船〉對死亡有更超然的反思。評審考量後決議將〈紙蓮〉淘汰。

徐國能認為〈父親的大盤帽〉提及台灣早期養鴿的風潮，頗有年代感，〈洋裝〉寫出母女細膩的互動，鍾文音覺得形容母親是「浪漫熱情的外國人」有些唐突。許悔之認同其寫出社會意義，瑕不掩瑜。本篇予以保留。

李欣倫特別讚美〈路過〉的敘事視角，很有巧思，身為乘客的敘事者作為局外人來說話，用旁敲側擊的方式揣想一位司機對家的描述，家的輪廓曖昧又富層次，還有〈迷途〉開頭寫出尋找祖父靈骨塔的曲折過程，沒有過度沉重的理念，輕鬆幽默。而〈靜好〉、〈回家〉經評審考量後，決議淘汰。

許悔之欣賞〈一個父親的沉痛告白〉，代表新世代的人看待父兄的心情，〈把家拼合，再熨平〉談家暴陰影，形容家不只是衝突現場，也是某些人的地獄，筆調深沉而深刻。

二票作品討論

〈開燈〉

鍾文音欣賞文章中靈動的走位變化，情感淡然，用物件收尾也很俐落。蔡逸君也肯定文章情感充沛，張力十足，是他心中的前幾名。

〈廁所爸爸〉

李欣倫認爲這篇取材有趣味，結尾對話：「姊姊，爸爸在裡面嘿！」溫馨而俏皮，下筆聚焦明快。許悔之認爲此文對父親的理解較空泛，若用懸疑的筆法來表現，也許更吸引人。

〈叮咚之家〉

以便利商店爲主題，李欣倫建議結構安排宜更聚焦，許悔之則認爲很有社會性的隱喻。鍾文音指出文章缺少對空間內部人事物的細察，時間軸線也偏向大敍事的鋪陳，細節點染不足。

〈死去的蜘蛛〉

許悔之覺得有芥川龍之介的風情，蜘蛛象徵一個不安的家，鍾文音也欣賞其中暗潮洶湧的恐怖感。徐國能覺得戲劇性強，卻近似虛構的小品文，李欣倫也提出疑問，這樣的風格能否有效表達親情的主題？

〈桂花樹〉

蔡逸君認爲桂花樹是作者和老家的聯繫，具傳承意味，而平實的文字非常有力。許悔之聲稱這篇文章讓他回想起自己老家的變葉木，讀來特別動容。

306〈箱〉

蔡逸君認爲太近似房屋廣告文案，顯得概念化，沒有生活實感。評審考量後決議淘汰。

376〈箱〉

徐國能覺得以箱子隱喻「巢」，十分精準，藉此呈現兩個家的聯繫，較符合徵文主題。

〈紙船〉

鍾文音稱讚文章結尾詩意濃烈。蔡逸君認爲文章擴及對人生的象徵，摺紙蓮花的段落反思死亡課題，值得肯定。

〈酸草莓〉

經評審斟酌，決議不列入下一輪評選。

〈當你媽來住〉

徐國能從中讀到母親介入女兒的小世界所帶來的齟齬，蔡逸君則認爲這篇取材非常新鮮，寫出親人相處的衝突，只是類似引文的段落令人疑惑，李欣倫亦有同感。

〈想像裡的描繪〉

徐國能認爲失智議題反映普遍的社會實況，但是表現手法太像小說，不像作者親歷，評審考量後決議淘汰。

〈天井〉

李欣倫認爲天井是特殊的空間，描寫聲音在此增強了共鳴的段落非常動人。許悔之肯定切入視角獨到，寫得有爲有守，值得鼓勵。

〈鑰匙孔〉

徐國能認爲舊式的鑰匙孔當今似乎絕跡了，取材稍顯刻意。評審考量後決議淘汰。

〈新家〉

李欣倫點評下筆幽默可喜，用孫輩角度寫出老夫老妻的互動，對話活靈活現，而阿公自嘲要住「新房」，則展現面對死亡通透的態度。

〈樹蘭屋〉

徐國能認爲本篇寫法十分可喜，幾度斟酌，決議不列入下一輪評選。

二票作品討論結果：

保留〈開燈〉、〈廁所爸爸〉、〈叮咚之家〉、〈死去的蜘蛛〉、〈桂花樹〉、〈箱〉、

〈紙船〉、〈當你媽來住〉、〈天井〉、〈新家〉、〈洋裝〉。評審須從中票選五篇，進入下回評選。

第二輪投票

◎四票作品：

〈開燈〉（徐、李、文、君）

〈死去的蜘蛛〉（徐、許、李、文）

〈新家〉（許、李、文、君）

◎三票作品

〈桂花樹〉（許、文、君）

◎二票作品：

〈廁所爸爸〉（李、文）

〈叮咚之家〉（許、李）

〈箱〉（徐、君）

◎一票作品

〈紙船〉（君）

〈當你媽來住〉（徐）

〈天井〉（許）

〈洋裝〉（徐）

一票作品經評審考量後決議淘汰，二票作品舉手表決結果爲：

〈箱〉獲三票

〈廁所爸爸〉獲二票

〈叮咚之家〉零票

淘汰〈廁所爸爸〉、〈叮咚之家〉。保留〈箱〉、〈開燈〉、〈死去的蜘蛛〉、〈桂花樹〉、〈新家〉。

三票、四票作品討論

〈裁剪人生〉

徐國能指認文中提及豐原西裝店的故事，寫祖孫之情，有憶舊散文的腔調。鍾文音認爲這篇有日劇的風味，鏡頭在物件之間靜靜的穿梭，情感細緻。

〈看門石〉

李欣倫肯定其設計感，看門石是家的基石，有傳承家族精神的意味。徐國能則認爲石頭的家訓寫得略微說教，許悔之覺得本篇取材特殊，勾起他收藏石頭的記憶，內容有說服力。

〈26號腳印〉

徐國能指出這篇具女性思維，寫出親情的負荷與傳續。鍾文音則聯想到陳映眞的小說，而「三十塊的鞋，三個人的家」一句將全家情感收束起來，畫龍點睛。許悔之也讚賞文章取材造境甚佳。

〈羞避〉

許悔之盛讚此文筆法從容，是他心中的前三名，以不同時空背景的心境來凝視「家」，透露一種不完整詩意。鍾文音則認爲引用太多樹木的外圍知識，反而忽略了心理活動的刻劃。

〈**瓦**〉

徐國能表示是他心中前三名，將舊屋的屋瓦保留紀念，寫得樸實有力。蔡逸君認爲過於廣告文案化，內容不夠自然，轉折流暢且戲劇化，但人物動機毫無交代，是小小的缺憾。

〈**脫殼**〉

徐國能肯定這篇藉物憶人的佳作，但〈瓦〉的設計比〈脫殼〉更好。蔡逸君欣賞其中的煙火氣味。

〈**部落氣息**〉

徐國能和鍾文音都認爲本文將燒烤的氣味寫得傳神。蔡逸君讀到了原住民的部落精神，營火的意象也很溫暖明晰。而許悔之覺得沒有寫出令人怦然心動的時刻，整體較平淡。

〈皺摺〉

鍾文音認爲某些引述知識的寫法稍顯生澀，不夠自然。許悔之稱讚此文沒有炫技的字句，但極富音樂性，「往山的一路媽媽都很安靜，安靜中小花開開。終點是那遺忘的療養院……」這句令他熱淚盈眶。

〈名。字〉

鍾文音說明，早期冠夫姓的婦女似乎不喜歡寫名字，因爲筆畫繁複，而教祖母寫姓名的段落，非常有情感深度。蔡逸君也同樣肯定文中淡淡的祖孫情，十分有力。

〈小孩〉

徐國能與李欣倫讚賞本文的設計，以老人與孩子來循環印證，照顧失智的母親就像照顧小孩，文字不張揚卻感人。鍾文音則認為談長輩失智的題材較普遍，少了新意。

第三輪投票

將最後保留的十五篇作品分爲三等第，由高到低給3分、2分、1分，結果如下：

〈小孩〉14分（文2、君3、許3、徐3、李3）
〈名。字〉12分（文2、君2、許3、徐3、李2）
〈皺摺〉12分（文3、君1、許3、徐2、李3）
〈部落氣息〉11分（文2、君2、許2、徐3、李2）
〈瓦〉11分（文3、君1、許1、徐3、李3）

〈裁剪人生〉　11分（文3、君3、許1、徐2、李2）

〈死去的蜘蛛〉　10分（文3、君1、許3、徐2、李1）

〈桂花樹〉　10分（文2、君3、許2、徐1、李2）

〈新家〉　10分（文3、君2、許1、徐1、李3）

〈開燈〉　9分（文1、君3、許2、徐1、李2）

〈羞避〉　9分（文1、君2、許3、徐2、李1）

〈看門石〉　8分（文1、君1、許2、徐1、李3）

〈26號腳印〉　8分（文2、君1、許1、徐3、李1）

〈脫殼〉　8分（文1、君3、許2、徐1、李1）

〈箱〉　7分（文1、君2、許1、徐2、李1）

第四輪投票

因11分作品〈部落氣息〉、〈瓦〉、〈裁剪人生〉皆有評審在三等第中給出高分3分，納入前三名之表決，其餘不論。

以分數領先（11分以上）的六篇作品進行最終評比，第一名6分，依次遞減。

〈小孩〉22分（文3、君6、許4、徐6、李3）
〈名。字〉21分（文4、君3、許5、徐5、李5）
〈皺摺〉18分（文6、君2、許6、徐2、李2）
〈裁剪人生〉14分（文5、君4、許2、徐1、李2）
〈部落氣息〉14分（文2、君5、許3、徐3、李1）
〈瓦〉12分（文1、君1、許1、徐5、李4）

依據最終評選結果，〈小孩〉列爲首獎，〈名。字〉爲二獎，〈皺摺〉獲三獎。其餘十二篇〈裁剪人生〉、〈瓦〉、〈部落氣息〉、〈死去的蜘蛛〉、〈桂花樹〉、〈新家〉、〈開燈〉、〈羞避〉、〈看門石〉、〈26號腳印〉、〈脫殼〉、〈箱〉榮獲佳作。

評審推薦發表作品：

〈廁所爸爸〉（鍾文音推薦）

〈紙船〉（蔡逸君推薦）

〈洋裝〉（鍾文音推薦）

二〇二三第三屆台灣房屋親情文學獎徵獎辦法

宗旨：培養閱讀風氣，鼓勵愛好文學人士創作，發掘親情各種樣貌。

主辦單位：台灣房屋、聯合報

文類、字數：散文，五〇〇〇～八〇〇〇字為限（含標點符號）。

書寫主題：親情——家的形狀

獎額：

首獎一名，獎金三萬元

二獎一名，獎金二萬元

三獎一名，獎金一萬元

佳作十二名，獎金各五千元

應徵條件：

凡具備中華民國國籍者均可參加，唯須以中文寫作。

應徵作品必須未在任何一地報刊、雜誌、網站發表，已輯印成書者亦不得再參賽。

注意事項：

一、每人以參賽一篇為限。

二、作品須打字列印（A4大小），一式五份，文末請註明字數；不合規定者，不列入評選。

三、來稿請以掛號郵寄（二二一六一）新北市汐止區大同路一段三六九號四樓聯合報副刊轉「台灣房屋親情文學獎評委會」收；由私人轉交者不列入評選。

四、原稿上請勿填寫個人資料，請以另一A4紙打字寫明投稿篇名、真實姓名（發表可用筆名）、聯絡地址、電話號碼、e-mail信箱、個人學經歷。

五、應徵作品、資料請自留底稿，一律不退。

評選規定：

一、初複選作業由聯合報聘請作家擔任；決選由聯合報聘請之決選委員組成評選會全權負責。

二、作品如未達水準，得由評選會決議某一獎項從缺，或變更獎項名稱及獎額。

三、所有入選作品，主辦單位擁有公開發表權以及不限方式、地區、時間之自由利用權。得獎作品將刊登於聯合報家庭版（包括 udn 聯合新聞網，並收錄於聯合知識庫）及台灣房屋親情文學獎臉書粉絲團，日後集結成冊發行及其他利用均不另致酬。

四、徵文揭曉後如發現抄襲、代筆或應徵條件不符者，由參賽者負法律責任，並由主辦單位追回獎金及獎座。

五、徵文辦法若有修訂，得另行公告。

收件、截止、揭曉日期及贈獎：

收件：二〇二三年二月一日開始收件，至二〇二三年三月三十一日止。（以郵戳為憑、逾期不受理）

揭曉：預計二〇二三年六月底前得獎名單公布於聯合報家庭版。

贈獎：俟各類得獎人名單公布後，另行通知贈獎日期及地點。

詳情請上：

台灣房屋親情文學獎臉書粉絲團

https://www.facebook.com/familylovewrite/

或洽：

peiying.chen@udngroup.com

(02)8692-5588 轉 2235（下午）

特別感謝 · 內頁插畫

陳佳蕙

陳完玲

喜花如

王孟婷

Betty est Partout

PPAN

Dofa

Sonia

無疑亭

林蔡鴻

韋帆

蔡侑玲

黃小菁

錢錢

紅林

許茉莉

聯副文叢

愛，是我們共同的語言3

第三屆台灣房屋親情文學獎作品合集

2023年8月初版　定價：新臺幣200元

編者	聯經編輯部
叢書主編	黃榮慶
校對	陳佩穎
內文排版	烏石設計
封面設計	廖婉茹

出版者	聯經出版事業股份有限公司
地址	新北市汐止區大同路一段369號1樓
叢書編輯電話	(02)86925588轉5307
台北聯經書房	台北市新生南路三段94號
電話	(02)23620308
郵政劃撥帳戶第0100559-3號	
郵撥電話	(02)23620308
印刷者	世和印製企業有限公司
總經銷	聯合發行股份有限公司
發行所	新北市新店區寶橋路235巷6弄6號2樓
電話	(02)29178022

副總編輯	陳逸華
總編輯	涂豐恩
總經理	陳芝宇
社長	羅國俊
發行人	林載爵

行政院新聞局出版事業登記證局版臺業字第0130號

本書如有缺頁，破損，倒裝請寄回台北聯經書房更換。　ISBN 978-957-08-7014-5 (平裝)
聯經網址：www.linkingbooks.com.tw
電子信箱：linking@udngroup.com

國家圖書館出版品預行編目資料

愛，是我們共同的語言3：第三屆台灣房屋親情文學獎作品合集/聯經編輯部編．初版．新北市．聯經．2023年．8月．144面．12.8×18.8公分（聯副文叢）
ISBN 978-957-08-7014-5（平裝）

863.55　112010584